Para todos aquellos que
hacen buenas obras y
pasan inadvertidos

For everyone who
performs good deeds
without being noticed

ISBN 0-292-75569-4

Acknowledgements

The author would like to thank the following people for their help in creating this book:
Rodrigo Medellín, Clementina Equihua, Joaquín Arroyo, Jenny Pavisic, María de Jesús Teniente, Maria Luisa Franco, Manola Rius, Laura Emilia Pacheco, Rebeca Cerda, Héctor Gómez, Steve Walker, and Sara McCabe.

Bat Conservation International and the Programa para la Conservación de los Murciélagos Migratorios gratefully acknowledge our partners in the protection of migratory bats, who made this publication possible:

Don Sabino, El Murciélago de la Ciudad

Don Sabino, the City Bat

By Laura Navarro

Illustrations by Juan Sebastián

Simón era un murciélago curioso y alegre. Le gustaba salir de noche a descubrir cosas nuevas. Al caer la tarde salía con El Pelos, su mejor amigo, a buscar insectos.

Una noche, después de cenar, Simón y El Pelos volaron a una parte del bosque que no conocían. Volaron y volaron hasta que se dieron cuenta de que estaban muy cansados para regresar. Detrás de unos árboles vieron lo que parecía una cueva y decidieron entrar.

"¡Qué cueva tan extraña!" dijo El Pelos.

"Sí. Mira. Las paredes son lisas y no hay ningún animal," respondió Simón.

Simon was a happy and curious bat. He liked to go out at night to discover new things. At sunset, he would search for insects with his best friend, Hairy.

One night after dinner, Simon and Hairy flew to a new part of the forest where they had never been before. They flew for hours before realizing they had flown too far and were too tired to return to their cave. Behind some trees they saw something that looked like a cave and went inside.

"What a strange cave this is!" said Simon as he entered.

"Yes!" agreed Hairy. "Look. The walls are smooth, and there don't seem to be any animals inside."

De repente, los murciélagos escucharon un sonido tan fuerte como trueno. Se dieron la vuelta y, para su sorpresa, la entrada a la cueva había desaparecido. Enseguida se escuchó algo semejante a un rugido. "¡Ayyy! ¡La cueva se mueve!" gritó Simón asustado.
Los dos amigos se habían metido a un camión, ¡no a una cueva! Cuando por fin el camión se detuvo ya era de día.
"¡Vuélale!" gritó Simón, "¡Hay que salir de aquí cuanto antes!"

Suddenly, they heard a loud noise like the sound of thunder. They turned, and to their surprise, saw that the cave entrance had disappeared. Then there was another noise like a rumbling roar.
"Eeeeeeek! The cave is moving!" screamed Simon, very afraid.
The two friends had flown into a truck instead of a cave!
When the truck finally stopped and the door opened, it was daylight outside.
"Fly!" said Hairy. "Let's get out of here!"

Los murciélagos salieron volando del camión y encontraron un agujero oscuro. Ahí pudieron colgarse de cabeza para dormir todo el día. Cuando despertaron, ya era de noche otra vez. Simón y El Pelos tenían hambre y decidieron buscar algo de comer.

Al poco tiempo de volar se dieron cuenta de que estaban en un lugar muy extraño. No se parecía nada al bosque que había alrededor de la cueva donde vivían. Este lugar estaba lleno de extrañísimas cuevas de formas y tamaños distintos. En vez de estrellas había luces de colores en el cielo. También ruidos y sonidos muy distintos a los del bosque. Casi no había árboles. Tampoco había animales conocidos.

The bats quickly flew away from the truck and found a dark hole. There, they slept all day hanging upside down. When they awoke, the sky was dark again. Simon and Hairy were hungry and decided to go look for something to eat.

As they flew, they realized they were in a very strange place. It was completely different from the forest surrounding the cave where they lived. This place was full of strange caves of different shapes and sizes. The sky had bright, colored lights instead of stars, and there were many new sounds that were different from the ones the bats heard in their forest home. There were very few trees and no familiar animals.

"¡Mira!" le dijo Simón a El Pelos. "Allá hay unos mosquitos que se ven deliciosos."

"Sí. Se dirigen a esa especie de cueva que tiene una luz muy tenue. ¡Vamos por ellos!" gritó El Pelos.

Justo cuando los murciélagos empezaron a perseguir a los mosquitos escucharon unos gritos horribles. ¡Unos seres extraños y enormes perseguían a Simón y a su amigo! ¡Querían pegarles!

"¡Hay, mamá! ¡Vuélale que nos alcanzan!" gritó El Pelos.

Los dos murciélaguitos volaron de un lado a otro en un intento por esquivar el golpe de los seres desconocidos.

"Look!" Simon said to Hairy. "There are some delicious-looking mosquitoes over there."

"Yes, and they're flying into that strange cave with the dim light," said Hairy. "Let's go get them!"

Just as the two bats chased the mosquitoes into the odd cave, they heard frightened shrieks. Giant, strange beings were chasing the bats and trying to hit them!

"Uh-oh! Fly for your life," screamed Hairy.

The two bats flew from side to side, trying to avoid the blows of the strange beings.

"¡Mira, Pelos! ¡Por ahí podemos escapar!" exclamó Simón.
Simón voló lo más aprisa que pudo, hasta que llegó a una grieta que había en el edificio. "¡Vaya! Por fin a salvo, ¿verdad Pelos?" preguntó. Pero su mejor amigo no estaba en ninguna parte.
"¡Pelos! ¡Pelos!" gritó Simón, pero no hubo respuesta. ¿Dónde estaba El Pelos? ¿Qué le había sucedido a su amigo?
Simón tenía hambre, estaba muy cansado y ahora, además, estaba muy preocupado por su compañero. Este era el peor día de su vida. Simón estaba tan triste que no se dió cuenta de que otro murciélago un poco viejo y regordete se dirigía hacia él.

"Look, Hairy," said Simon. "We can escape through there!"
Simon flew as fast as he could until he reached a crack in the building. "Phew!" he said, panting, "safe at last! Right Hairy?"
But his friend was not with him.
"Hairy? Hairy!" Simon shouted, but there was no answer. Where was his friend? What had happened to him?
Simon was hungry, tired, and now, very worried. This was the worst moment of his life. He was so sad, he didn't notice a slightly chubby and older bat approaching him.

"¿Por qué estás tan asustado?" le preguntó el murciélago a Simón. "¿Cómo te llamas muchacho? Nunca te había visto por aquí." Simón le contó al murciélago lo que había pasado. Sintió un gran alivio de encontrar alguien que le proporcionara algunas respuestas. Tenía muchas preguntas sobre este extraño lugar. "¿Dónde estamos? ¿Vives aquí? ¿Por qué querían pegarme esos seres tan raros? ¿Por qué hay tanto ruido? ¿Aquí hay más murciélagos? ¿Dónde está mi amigo?" fueron las preguntas que Simón formuló, todas al mismo tiempo. El murciélago sonrió y le dio un abrazo a Simón. "Calma, calma," respondió. "Deja que te explique algunas cosas y luego iremos a buscar a tu amigo. Ya verás como los demás murciélagos nos ayudan a encontrarlo."

"Why are you so frightened?" the bat asked Simon. "What is your name? I haven't seen you here before." Simon told the bat what had happened. He was relieved to find someone who could answer his questions. He had so many questions about this strange new place. "Where are we? Do you live here? Why were those strange beings trying to hit me? Why is it so noisy? Are there other bats here? And where is my friend?" Simon asked all at once. The chubby bat smiled and gently nuzzled Simon. "Easy, easy," he answered. "Let me explain a few things, and then we'll go look for your friend. The other bats will help us find him. You'll see."

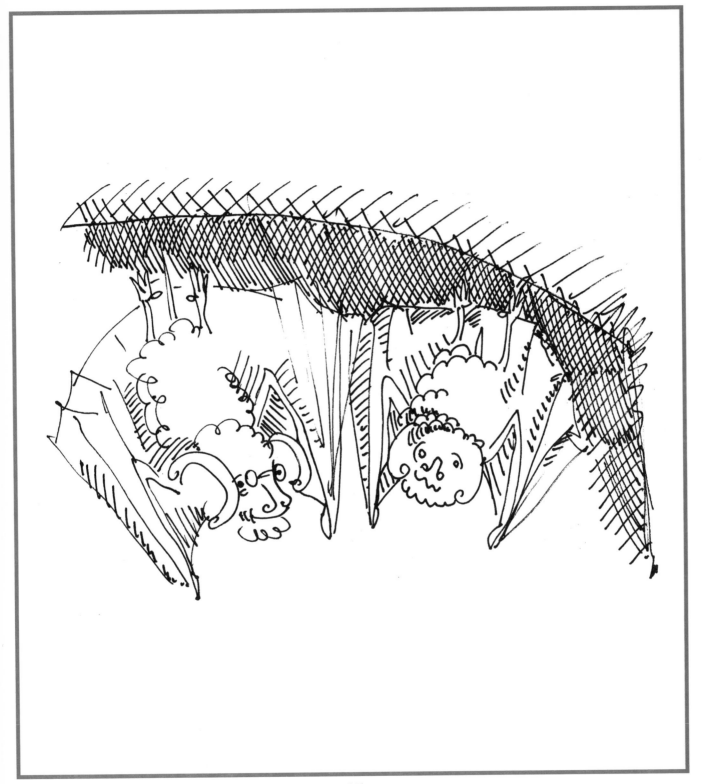

"Me llamo Don Sabino y, como muchos otros murciélagos, vivo aquí en la ciudad. Los seres grandes y extraños que te perseguían son humanos. Son muy trabajadores y construyen ciudades. Ellos hicieron todo lo que ves a nuestro alrededor. Construyen cuevas donde viven, trabajan y juegan."

Simón estaba muy asombrado. Don Sabino continuó:

"Usan cuevas que se mueven, iguales a la que te trajo hasta aquí, porque a diferencia de nosotros ellos no tienen alas para trasladarse de un lugar a otro. Como habrás notado, hacen mucho ruido, al igual que casi todas las cosas que hay en la ciudad. Pero ya te acostumbrarás, hijo."

"I am Don Sabino, and I live here in the city with many other bats," he said. "Those large animals are human beings. They are hard working, and they build cities. Humans made everything you see around us. They make caves where they live, work, and play."

Simon was amazed. Don Sabino continued:

"They use moving caves, like the one you arrived in, to travel from place to place. They do not have wings, so they cannot fly like we do. Those moving caves make a lot of noise, like everything else in the city. But you'll become used to that, son."

"Mira, pequeñito," dijo Don Sabino mientras abrazaba a Simón bajo su ala. "Hay que tener mucho cuidado con los humanos. Entre más te alejes de ellos, mejor. Los humanos piensan que los murciélagos somos malos y que podemos hacerles daño. Por eso nos atacan. No saben que somos incapaces de lastimarlos. No entienden lo mucho que los ayudamos: nos comemos a los insectos que tanto les molestan y hacemos que crezcan más árboles y plantas en sus parques y jardines. Aquí en la ciudad hay muchos tipos de murciélagos, igual que en el bosque donde vives."

"Ay, que alivió saber esto, pero quisiera encontrar a El Pelos," comentó Simón.

"Listen, little one," said Don Sabino, wrapping a wing around Simon, "you have to be careful with humans. The farther away you are from them, the better. They think bats are bad and that we will hurt them. That's why they attack us. They don't know that we are harmless. They don't understand that bats help humans. We eat the insects that bother them so much, and we help trees and plants grow in their parks and gardens. There are many different kinds of bats in the city, just as there are in the forest where you live."

 "What a relief to know all these things," said Simon. "But I'd still like to find my friend Hairy."

Don Sabino se acercó a Simón y le dijo, "Primero, creo que debemos conseguirte algo de comer. Después iremos a buscar a tu amigo." Mientras volaban, Don Sabino le platicó su vida en la ciudad a Simón. "Cuando nací, hace muchos, muchos años, este lugar era muy parecido a tu bosque. Pero, poco a poco, llegaron más y más hombres y la ciudad creció. Los edificios y las calles acabaron con cuevas y bosques. Algunos de los murciélagos que vivían aquí se fueron, pero los que nos quedamos tuvimos que aprender a vivir en la ciudad. Aquí convivimos con los humanos, pero como la mayoría duerme durante la noche, casi no nos vemos."

"¡Mira! Eso que ves allá abajo es el centro de la ciudad. Es un buen lugar para encontrar comida. A los humanos les gusta iluminar los grandes edificios que construyen y la luz atrae a muchos mosquitos. ¡A comer!"

Don Sabino moved closer and said, "I think first we should get you something to eat. Then we can look for your friend." While they flew, Don Sabino told Simon about his life in the city: "When I was born, many years ago, this place was just like your forest. But little by little, more and more humans arrived, and the city grew. Buildings and streets were built where there used to be caves and forests. Some of the bats that lived here left, but those that stayed have adapted to living in the city. Here, we live among humans, but since most of them are asleep at night, they never get to know us." "Look! Below us is the center of the city, and it's a good place to find food. Humans put lights on the large buildings, and the lights attract lots of mosquitoes. Let's go eat!"

Simón comió hasta que se llenó, aunque a decir verdad esos mosquitos sabían distinto. De pronto Simón vio que Don Sabino platicaba con otro murciélago y se acercó a ellos. "Hola. Me llamo Simón. ¿Tú también vives aquí?" preguntó.

"Hola," respondió el murciélago. "Vivo en una grieta, allá en lo alto del edificio. Se parece un poquito a la peña donde vivía antes de que la ciuadad creciera tanto y lo cambiara todo."

"¿Crees que mi amigo podría estar allá arriba?" preguntó Simón.

"Quizá. Pero aquí en la ciudad los murciélagos viven en muchos lugares: en las grietas de las paredes, entre los ladrillos de los edificios, debajo de las tejas de algunas casas, o debajo de los puentes."

"No te preocupes," dijo Don Sabino. "Lo buscaremos en todas partes hasta encontrarlo."

Simon ate until he was satisfied, although the city mosquitoes tasted strange to him. He saw Don Sabino talking to another bat and approached them. "Hello, I'm Simon. Do you live here too?" he asked.

"Hi there!" replied the bat. "I live in a crack, way up there at the top of that building. It's a little like the cliffs where I used to live before the city changed everything."

"Do you think my friend would be up there?" Simon asked.

"Maybe," said the bat, "But here in the city, bats live in many places, such as cracks in the walls, between bricks in buildings, under roof shingles, or under bridges."

"Don't worry," said Don Sabino. "We'll look for him everywhere."

Simón y Don Sabino se despidieron del murciélago y volaron a buscar a El Pelos.

"Don Sabino," empezó a decir a Simón, "¿Todos los murciélagos que viven aquí se alimentan de insectos? Allá por mi casa, no todo los murciélagos comemos lo mismo."

"No. También hay murciélagos que comen polen y beben néctar," respondió el viejo murciélago, "y hay los que comen fruta."

Simón giró para volar en otra dirección y vio una gran avenida llena de palmeras donde había gran cantidad de murciélagos. Les preguntó si habían visto a El Pelos, pero como respondieron que no, Simón y Don Sabino se fueron volando.

Simon and Don Sabino said goodbye to the bat and flew away to look for Hairy.

"Don Sabino," began Simon, "Do all the bats that live here eat insects? Where I live, not all of the bats eat the same foods."

"No, there are also bats that eat pollen and drink nectar," answered the elder bat, "and others eat fruit."

Simon twisted his body to change direction, and looked down at a long street with many palm trees planted in the middle. There, he saw a large number of bats. He asked the bats about Hairy, but no one had seen him, so he and Don Sabino flew on.

Simón y Don Sabino continuaron su viaje hasta que llegaron a un lugar con muchos árboles.

"¡Qué rico huele el aire aquí!" dijo Simón. "Además, no hay ruido, sólo se escuchan sonidos como los del bosque." Simón suspiró al recordar su casa.

"Estamos en las afueras de la ciudad. Aquí viven los murciélagos que comen fruta," le explicó Don Sabino. "Quizá tu amigo vino hasta acá." Se metieron entre las ramas de un árbol frondoso donde encontraron a muchos murciélagos frugívoros. Pero El Pelos no estaba entre ellos, así es que se fueron volando.

Simon and Don Sabino continued their journey until they reached a place with many trees.

"The air here smells so good!" said Simon. "And there's no noise here, only sounds like the ones in my forest." He sighed, remembering his home.

"We are at the edge of our city where the fruit-eating bats live," Don Sabino explained. "Maybe your friend flew this way."

They looked through the branches of the leafy trees and met many fruit-eating bats. But they didn't see Hairy, so they flew on.

26

Al poco tiempo Don Sabino se topó con otro grupo de murciélagos simpaticos que comían polen y bebían néctar.

"No hemos visto a tu amigo," le dijo uno de los murciélagos a Simón, "pero por ahí dicen que hay un fuereño con los murciélagos migratorios."

Don Sabino les agradeció la información y le dijo a Simón: "Debemos irnos. Pronto amanecerá y falta mucho para regresar a la ciudad."

A medida que volaban rumbo a la ciudad Simón se acordó de los humanos. "Don Sabino, ¿usted cree que si los hombres supieran más acerca de los murciélagos, no nos maltratarían ni destruirían los lugares donde nos refugiamos?" preguntó Simón.

"Creo que tienes razón," respondió. "Se sentirían muy contentos de compartir la ciudad con nosotros."

Don Sabino soon found a group of friendly bats eating pollen and drinking nectar.

"We haven't seen your friend," one of the bats told Simon, "but we heard that there is a stranger with the migratory bats."

Don Sabino thanked the bats, and turned to Simon. "It's time to go," he said. "It will be light shortly, and we're still a long way from the city."

Simon thought about humans as they flew back to the city. "Don Sabino, do you think that if the humans learned more about bats, they wouldn't try to harm us or destroy our homes?" Simon asked.

"I think you're right," agreed Don Sabino. "They would be happy to share the city with us."

Cuando llegaron a la ciudad se metieron a la grieta de un edificio y se colgaron de cabeza para dormir todo el día. Pero Simón no podía conciliar el sueño. El ruido no lo dejaba dormir y, además, estaba muy preocupado. Habían buscado a El Pelos por todos lados, y nada. ¿Y si los humanos lo habían atrapado? ¿Y si lo había apachurrado una de esas estrepitosas cuevas sobre ruedas?

Al caer la noche Simón se estiró. No había podido descansar en los más mínimo, y los insectos de la ciudad le habían caído mal. Extrañaba mucho su casa y también extrañaba a su amigo.

Cuando Don Sabino advirtió la tristeza en el rostro de Simón se le acercó. "Ven, no te preocupes," le dijo. "Vamos a ver si los murciélagos migratorios saben algo de tu amigo."

When they reached the city, they entered a crack in a building and hung upside down to sleep through the day. But Simon could not fall asleep. The noise bothered him, and he was very worried. He had looked all over for Hairy, but had not found him. What if the humans had trapped Hairy? What if he'd been crushed by one of those noisy caves with wheels?

When night fell, Simon stretched. He hadn't been able to rest at all, and the city insects he had eaten made him feel sick. He missed his home and his friend very much.

When Don Sabino saw the sadness in Simon's face, he nestled in close to him. "Come, don't worry," he said. "Let's go see if the migratory bats can help us find your friend."

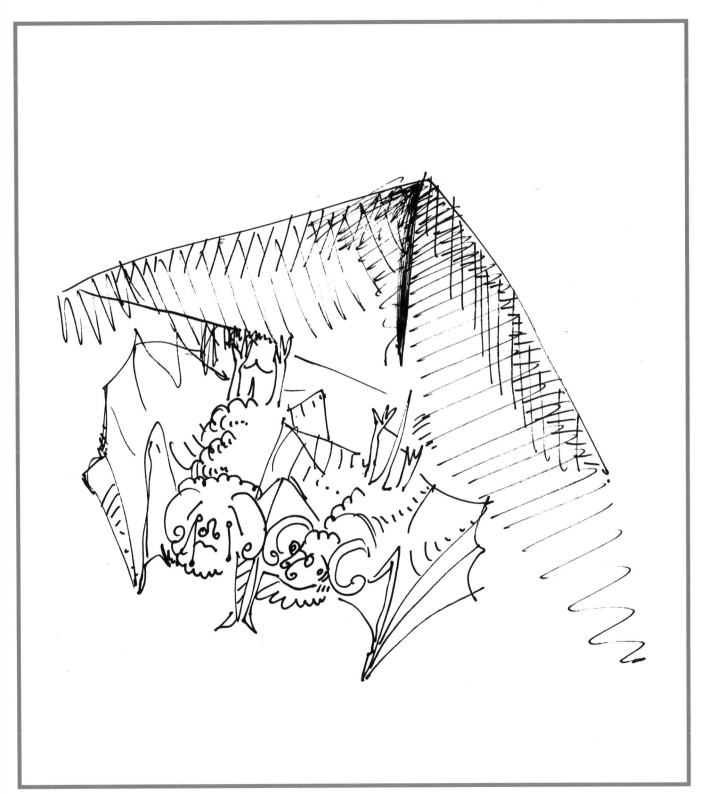

Simón y Don Sabino salieron de la grieta y volaron hacia otro rumbo de a ciudad. Simón reconoció el lugar a donde habían llegado El Pelos y él. El corazón le dio un vuelco.

"Mira, pequeño. Aquí en la ciudad hay murciélagos que sólo están de paso. Eso se llama 'migración.' Aquellos murciélagos que están cerca de ese edificio están a punto de iniciar su viaje porque quieren pasar el invierno en otra parte. Vamos a preguntarles si de camino van a pasar cerca de tu casa," dijo Don Sabino.

Cuando se acercaron, vieron a un murciélago que se parecía muchísimo a Simón. ¿Sería El Pelos? Simón estaba todo ilusionado.

They left the crack and flew to another part of the city. Simon recognized the place where they had arrived on the truck, and his heart began to pound.

"Look, little one, here in the city there are bats who are just passing through. We call that 'migration,' " said Don Sabino. "Those migratory bats near the buildings over there are about to leave to spend the winter somewhere else. Let's go ask them if they'll be passing near your home on their way."

When Simon and Don Sabino flew closer, they saw a bat just like Simon with the colony. Could this be Hairy? Simon was hopeful.

¡Sí! ¡Era El Pelos! Pero se veía distinto. Simón se acercó a su amigo y se abalanzó para darle un abrazo: "¡Te he buscado por todas partes!" le dijo.

"¡Ay! Ten cuidado," gritó El Pelos. "¿Te acuerdas del lugar donde nos metimos cuando llegamos a la ciudad? Pues los humanos me golearon y me lastimaron un ala. ¡Por poco me matan! No sé cómo, pero logré escapar y meterme a esta grieta. Aquí me encontré a estos murciélagos que me cuidaron. Mira, mi ala ya casi sanó. ¡Ya puedo volar otra vez!"

Los dos amigos estaban felices. "Quiero presentarte a Don Sabino," le dijo Simón a El Pelos. "Es un murciélago muy bueno y muy sabio que me ayudó a encontrarte. Me enseñó muchas cosas sobre la ciudad."

Yes! It was Hairy! But something about him seemed different. Simon playfully nuzzled his friend and cried, "I've been looking all over for you!"

"Ouch! Careful!" Hairy squeaked. "Remember where we were when we arrived here? Well, the humans hit me and hurt one of my wings. They nearly killed me! I don't know how, but I escaped and entered this crack. Here I found these bats that took care of me. Look, my wing is almost well now. I can fly again!"

The two friends were very happy. "Hairy, I want you to meet Don Sabino," said Simon. "He is a good, and wise bat who helped me find you. He has taught me many things about the city."

"¡Con que aquí estas muchacho!" exclamó Don Sabino. "¡Tu amigo estaba muy preocupado por ti!"

Los murciélagos migratorios se ofrecieron amablemente a acompañar a Simón y a El Pelos a su casa, pues les quedaba de paso en su ruta migratoria.

"Muchas gracias, Don Sabino," dijo Simón muy contento. "Si alguna vez regreso a la ciudad lo invito a cenar bajo la luz de las lámparas. ¡Vámonos, Pelos! Nuestros amigos ya se van. Tengo muchas cosas que contarte. ¡Esta ha sido una aventura que nunca vamos a olvidar!"

"Here you are at last, boy!" exclaimed Don Sabino. "Your friend has been so worried about you!"

The migratory bats were happy to lead the two friends back home since they were traveling that way on their migration.

"Thank you very much, Don Sabino!" said Simon, with a happy chirp. "If I ever come back to the city, let's have dinner together under the streetlight. Let's go, Hairy! Our friends are leaving. There are so many things I want to tell you. We're never going to forget this adventure!"

Fin
_____
The End

Did You Know?

There are nearly 1,000 kinds of bats in the world, living in every habitat except for the most extreme polar and desert regions.

Many things people believe about bats are not true. Bats are not blind, they aren't rodents, and they don't get tangled in people's hair.

Bats make up nearly a quarter of all mammal species, from the bumblebee bat (the world's smallest mammal) to giant flying foxes with six-foot wingspans.

¿Sabias que?

En el mundo existen casi 1,000 tipos de murciélagos. Viven prácticamente en todos los ecosistemas, a excepción de los polos y las regiones desérticas.

Muchas de las cosas que nos cuentan acerca de los murciélagos son falsas. Los murciélagos no son ciegos, no son roedores, y no se quedan atorados en el cabellos de las personas.

Los murciélagos constituyen casi la cuarta parte de las especies de animales, desde el murciélago abejorro (que es el más pequeño del mundo), hasta los enormes zorros voladores que tienen una envergadura de casi dos metros de largo.

Did You Know?

Insect-eating bats eat beetles, moths, and other insects that cost farmers and foresters billions of dollars every year. Nectar-and fruit-eating bats pollinate flowers and disperse seeds that make rain forests grow and deserts bloom.

People and bats can live together peacefully. In Austin, Texas, a large colony of free-tailed bats living under a downtown bridge is one of the city's most popular tourist attractions. Hundreds of people gather every summer evening to watch the bats emerge from their roost.

¿Sabias que?

Los murciélagos insectívoros comen escarabajos, polillas, y otros insectos que dañan las cosechas por las que los granjeros pierden miles de millones de dólares cada año. Los murciélagos frugívoros y los que bebían néctar se encargan de polinizar las plantas y dispersar las semillas que hacen que crezca la selva tropical y que florezcan los desiertos.

Los murciélagos y las personas pueden convivir pacíficamente. En Austin, Texas, una gigantesca colonia de murciélagos que vive debajo de un puente constituyen una de las principales atracciones turísticas de esa ciudad. Durante el verano cientos de personas se congregan al caer la tarde para verlos emerger de su lugar de descanso.

Recommended books about bats for further reading (in English)

Batman: Exploring the World of Bats
by Laurence Pringle, Charles Scribner's Sons, New York, 1991
The story of Merlin Tuttle's fascination with bats from his youth until he founded Bat Conservation International, Inc. 24 color photographs.

Extremely Weird Bats
by Sarah Lovett, John Muir Publications, Santa Fe, 1991
Descriptions of 21 of the world's most interesting and unusual bat species with full-page color photographs.

Marcelo el Murciélago / Marcelo the Bat
by Laura Navarro, illustrations by Juan Sebastián
Bat Conservation International, Inc., Austin, Texas, 1997
A heartwarming bilingual tale about a young bat's confusion when his colony migrates. First in the series of Spanish-English storybooks from Bat Conservation International and the PCMM (see page 44).

Shadows of the Night: The Hidden World of the Little Brown Bat
by Barbara Bash, Sierra Club Books for Children, San Francisco, 1993
A description of a year in the life of a little brown bat, illustrated with rich watercolors.

Stellaluna
by Janell Cannon, Harcourt, Brace & Company, New York, 1993
A beautifully illustrated story about a bat raised by birds.

Valentín, un Murciélago Especial/ Valentin, a Special Bat
by Laura Navarro, illustrations by Juan Sebastián
Bat Conservation International, Inc., Austin, Texas, 1998
Second in the series of BCI-PCMM Spanish-English children's books, this story follows the journey of a young vampire bat as he tries to eat foods other than blood so as not to be labeled "evil."

Libros sobre murciélagos recomendados para lecturas adicionales (en español)

Marcelo el Murciélago / Marcelo the Bat
por Laura Navarro, dibujos por Juan Sebastián
Bat Conservation International, Inc., Austin, Texas,1997
Una entrañable historia bilingüe acerca de la confusión de un pequeño murciélago cuando su colonia inicia la migración. Es el primero de una serie de cuentos en español e ingles producidos por Bat Conservation International y el PCMM (ver página 47).

Rufus
por Tomi Ungerer, Alfaguara, España, 1980
Rufus es un murciélago curioso que descubre de pronto lo bellos que son los colores del universo, un día se pinta de bonitos tonos y la gente se asusta de él.

Tuiiiii
por Gilberto Rendón Ortiz, dibujos por Trino Camacho, color por Martha Aviles, Consejo Nacional para la Cultura y las Artes y C.E.L.T.A. Amaquemecan, Mexico, 1992
Un niño se hace compañero inseparable de un murciélago. Pero su tribu no tenía gran simpatía hasta que un día descubrieron algo maravilloso.

Valentín, un Murciélago Especial/ Valentin, a Special Bat
por Laura Navarro, dibujos por Juan Sebastián
Bat Conservation International, Inc., Austin, Texas, 1998
Es el segundo de la serie de cuentos bilingües para niños producidos por BCI-PCMM. Esta historia trata de un pequeño murciélago vampiro que trata de comer ostras cosas en vez de sangre para que no lo llamen "malo."

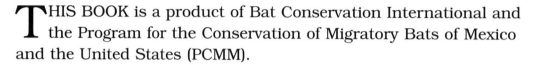

THIS BOOK is a product of Bat Conservation International and the Program for the Conservation of Migratory Bats of Mexico and the United States (PCMM).

 Bat Conservation International (BCI) is a non-profit organization committed to the protection of bats and their habitats. BCI addresses this uniquely challenging and neglected area of conservation by changing attitudes, not by confrontation. All of BCI's efforts are based on scientific research, public education, and direct conservation.

The PCMM is a collaboration between BCI, the Institute of Ecology of the National University of Mexico, the Mexican Mammal Society, the U.S. Fish and Wildlife Service (USFWS), and other universities, organizations, and government agencies on both sides of the border. Through research, education, and partnership, the PCMM is working to recover and conserve the populations of migratory bats that move between Mexico and the United States.

Bat Conservation International

P.O. Box 162603 Austin, Texas 78716 USA
Phone: (512) 327-9721
Fax: (512) 327-9724
http://www.batcon.org

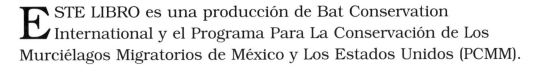

ESTE LIBRO es una producción de Bat Conservation International y el Programa Para La Conservación de Los Murciélagos Migratorios de México y Los Estados Unidos (PCMM).

Bat Conservation International (BCI) es una organización no lucrativa comprometida con la protección de los murciélagos y sus hábitats. BCI se dedica a esta área de la conservación tan singular, desafiante y desatendida a través de propiciar un cambio en las actitudes, y no por confrontación. Todos los esfuerzos de BCI están basados en investigación científica, educación del público y conservación directa.

El PCMM es una colaboración entre BCI, el Instituto de Ecología de la Universidad Nacional Autónoma de México, la Asociación Mexicana de Mastozoología, USFWS, y otras universidades, organizaciones y agencias gubernamentales a ambos lados de la frontera. A través de investigación, educación y colaboraciones, el PCMM trabaja para recuperar y conservar las poblaciones de murciélagos migratorios que se mueven entre México y los Estados Unidos.

Programa Para La Conservación de Los Murciélagos Migratorios de Mexico y Los Estados Unidos

Apartado Postal: 70-598
Admon: 70 C.P. 04511 México, D.F.